www.ingramcontent.com/pod-product-compliance
Lightning Source LLC
LaVergne TN
LVHW050830051026
849532LV00008B/3200
* 9 7 8 9 3 6 9 0 8 3 3 5 0 *

بڑوں نے لکھا بچوں کے لئے۔۔۔ ۵

بچوں کی لیلیٰ خواجہ بانو

(اہلیہ خواجہ حسن نظامی)

جمع و ترتیب : اعجاز عبید

Bachchon ki Laila Khwaja Bano *(Kids Stories)*

by: Laila Khwaja Bano

Edition: April '2025

Publisher :

Taemeer Publications LLC (Michigan, USA / Hyderabad, India)

ISBN 978-93-6908-335-0

9 789369 083350

کتاب : **بچوں کی لیلیٰ خواجہ بانو** (کہانیاں)

مصنفہ : **لیلیٰ خواجہ بانو**

صنف : ادب اطفال

ناشر : تعمیر پبلی کیشنز (حیدرآباد، انڈیا)

سالِ اشاعت : ۲۰۲۵ء

صفحات : ۳۴

سرورق ڈیزائن : تعمیر ویب ڈیزائن

کون سی کہانی کہاں

ایک بات 3
مٹکاؤں اپنی چونچ 4
اکڑ بکڑ پٹ کھول دو 8
چڑیا چڑیا پٹ کھول دے 13
چوہیا نے ہاتھی سے پاؤں دبوائے 17
حقا تو مولی تو 19
میں کیا تجھ سے روٹھی تھی 23
خالہ خمیرو 26

ایک بات

بچو! اردو میں ایک بڑے ادیب گزرے ہیں۔ خواجہ حسن نظامی۔ لیلیٰ خواجہ بانو انہیں کی بیوی تھیں۔ ایک کتاب 'بچوں کی کہانیاں' کے نام سے تقریباً سو برس پہلے شائع ہوئی تھی۔ ممکن ہے کہ یہ کتاب خواجہ صاحب ہی نے لکھی ہو اور اپنی بیوی کے نام سے شائع کردی ہو۔ بہرحال یہ کہانیاں انہیں کہانیوں میں سے چنی گئی ہیں، اور جن کے بارے میں اصل کتاب میں لکھا گیا تھا کہ ''گود میں چھوٹے بچوں کو سنانے کی کہانیاں جو دہلی کے گھروں میں عورتیں بچوں کے سامنے کہتی ہیں اور بچے شوق سے سنتے ہیں''۔ ان میں کی ایک کہانی تو ہم نے بھی اپنی نانی سے سنی ہے، مگر وہ کہتی تھیں 'مٹکاؤں کالی چونچ'، اور اس کتاب میں ہے 'مٹکاؤں اپنی چونچ'

***

مٹکاؤں اپنی چونچ

ایک چڑیا بیٹھی گلگلے پکا رہی تھی۔ کوا بھی وہاں گیا اور چڑیا سے کہنے لگا خالہ چڑیا کیا پکا رہی ہو۔ چڑیا بولی آج میرے ہاں نیاز ہے۔ اس کے لئے کڑھائی کی ہے۔ کوے نے کہا خالہ ایک گلگلا ہم کو بھی دو۔ چڑیا نے جواب دیا کہ ایک گلگلا چھوڑ چار دوں گی۔ مگر تیری چونچ گندی ہے۔ تو خبر نہیں کہاں کہاں منہ ڈالتا پھرتا ہے۔ یہ پیر پیغمبروں کی نیاز کا کھانا ہے۔ گندی چیز اس میں نہیں ڈالا کرتے۔ اس سے بہت گناہ ہوتا ہے، تو جا کر اپنی چونچ کو دھو کر پاک کر لے۔ پھر آن کر گلگلے

کھائیو۔ کوا چڑیا کی بات سن کر اڑا اور سیدھا کوئیں کے پاس گیا اور اس سے کہا۔

کنویں کنویں تم کنویں داس ہم کاگ داس
دو پنلو دھوئیں پچلو کھائیں چڑی کے چینگلے
مٹکائیں اپنی چونچ

کوئیں نے کہا بھائی تو کوئی مٹی کا برتن لے آ۔ پھر جتنا جی چاہے پانی لے لے۔ پانی کی کچھ کمی نہیں ہے۔ کوا یہ جواب سن کر کمہار کے پاس گیا اور اس سے کہا۔

کمہار کمہار تم کمہر داس ہم کاگ داس

دو گھڑلو لائیں پنلو دھوئیں پچلو

کھائیں چڑی کے چینگلے مٹکائیں اپنی چونچ

کمہار نے کہا گھڑا کہاں سے دوں؟ مٹی نہیں تو جا کر مٹی لے آ تو گھڑا بنا دوں۔ کوا مٹی کے پاس گیا اور اس سے کہا۔

مٹی مٹی تم خاک داس ہم کاگ داس

دو مٹلو بنے گھڑلو، لائیں پنلو، دھوئیں پچلو

کھائیں چڑی کے چینگلے مٹکائیں اپنی چونچ

مٹی بولی تو جا کر ایک کھرپا لے آ اور جتنی جی چاہے مٹی کھود کر لے جا۔ کوا لوہار کے پاس گیا اور اس سے کہا۔

لوہار لوہار تم لہر داس ہم کاگ داس

دو کھرپو، لائیں مٹلو، بنے گھڑلو، بھری پنلو

دھوئیں پچلو کھائیں چڑی کے چینگلے مٹکائیں اپنی چونچ

لوہار نے کوئے کی بات سنی تو اس نے خیال کیا کہ حرام خور کوے کی چونچ دھونے سے پاک تھوڑی ہوگی۔ پیروں کی نیاز کھانی آسان نہیں ہے۔ اس واسطے اس نے کھرپا گرم کر کے کوے کے پروں پر رکھ دیا جس سے کوا چرمر ہو کر اور جل کر رہ گیا اور نیاز کے گلگوں پر اس کی گندی چونچ نہ جا سکی۔

***

اکک بکک پٹ کھول دو

ایک بکری تھی وہ روز جنگل جایا کرتی تھی اور اپنے بچوں سے کہہ دیا کرتی تھی کہ کنڈی لگالو۔ اس کے بچے کنڈی لگالیا کرتے تھے اور جب بکری جنگل سے آتی تو دروازہ پر کھڑی ہو کر کہتی تھی۔

اکک بکک پٹ کھول دو

بچے کنڈی کھول دیتے اور بکری اندر آجاتی۔ ایک دن کسی بھیڑئے نے بکری کو یہ کہتے سن لیا جب جنگل میں چلی گئ تو بھیڑئے نے سوچا لاؤ بکری کے بچوں کو فریب دے کر کھا جاؤں۔ یہ خیال کر کے بھیڑیا بکری کے دروازہ پر پہونچا اور کہا۔

اکک بکک پٹ کھول دو

بچوں نے جانا ہماری ماں آئی ہے۔ انہوں نے کنڈی کھول دی۔ بھیڑیئے نے اندر گھس کر سب بچوں کو کھالیا اور کنڈی لگا کر چلا گیا۔ اب شام کو جو بکری آئی تو اس نے کہنا شروع کیا۔

اکک بکک پٹ کھول دو

مگر وہاں بچے ہوتے تو جواب دیتے آخر بکری نے بڑی مشکل سے آپ ہی کنڈی کھولی اندر جا کر جو دیکھا تو ایک بچہ بھی نہیں ہے ۔ اب یہ باہر نکلی اور شیر کے پاس گئی اور کہنے لگی ۔

میرے دو سینگ والوں کو تو نے کھایا ہے ؟

چیتے نے کہا ۔ نہ مادر مانہ خوردہ ایم (نہیں ماں ہم نے نہیں کھایا)

غرض سارے جنگلی جانوروں کے پاس بکری گئی اور سب نے یہی جواب دیا کہ نہیں ماں ہم نے تیرے بچے نہیں کھائے ۔

آخر بکری بھیڑئے کے پاس گئی اور کہا

میرے دو سینگ والوں کو تو نے دیکھا اور تو نے کھایا ہے ؟ بھیڑئے نے کہا ۔ ہاں میں نے کھائے ہیں ۔ تجھ سے لڑا جائے تو لڑ لے ۔

بکری نے کہا اچھا میری تیری کالی جمعرات کو لڑائی ہے یہ کہہ کر بکری وہاں سے چلی آئی اور لوہار کے ہاں گئی اور اس سے کہا لوہار تو میرا سارا دودھ دوھ لے اور میرے سینگ ایسے تیز کر دے کہ مکھی بیٹھے تو کٹ جائے۔ لہار نے سارا دودھ دودھ لیا اور بکری کے سینگ خوب تیز کر دئے۔

بھیڑئے کو جو خبر ہوئی تو وہ بھی لہار کے پاس گیا۔ راستہ میں ایک گدھے کی ٹانگ پڑی ہوئی تھی وہ لے گیا اور لہار سے جا کر کہا ارے لوہار یہ گدھے کی ٹانگ لے اور میرے دانت خوب تیز کر دے۔ لہار کو غصہ تو بہت آیا مگر وہ چپ ہو گیا اور کہا یہ اپنی گدھے کی ٹانگ تو رہنے دے۔ لا میں تیرے دانت تیز کر دوں۔ یہ کہہ کر لوہار نے بھیڑیئے کے دانت سارے گھس ڈالے اور کہاں جا بھئی میں نے تیرے دانت تیز کر دیئے۔ بھیڑیا چلا آیا۔

جب کالی جمعرات آئی تو بکری بھیڑئے کے پاس گئی اور کہا لے پہلے تو اپنا وار کرلے۔ بھیڑئے نے خوب زور کر کر کے بکری پر منہ مارے۔ مگر سوائے دو چار بالوں کے اور کچھ بکری کا نہ بگاڑ سکا۔ آخر جب بھیڑیا تھک گیا تو بکری سے کہا لے بکری میں تو اپنا وار کرچکا۔ اب تو وار کر بکری نے جو سر جھکا کر بھیڑئے کے پیٹ میں سینگ مارے تو بھیڑئے کا پیٹ پھٹ گیا۔ اس کے پیٹ میں سے بچے نکل آئے اور بھیڑیا مر گیا۔ بکری خوشی خوشی اپنے بچوں کو لے کر اپنے گھر چلی آئی۔

***

چڑیا چڑیا پٹ کھول دے

ایک تھا چڑا اور ایک تھی چڑیا۔ چڑا لایا دال کا دانہ۔ چڑیا لائی چاول کا دانہ، دونوں نے مل کر کھچڑی پکائی۔ گھر میں نمک نہ تھا۔ چڑیا نے چڑے کو بازار نمک لینے کو بھیجا۔ جب چڑا چلا گیا تو چڑیا نے کھچڑی کھا پی جوٹھے برتنوں میں گندہ پانی بھر چھینکے پر رکھ دیا اور آپ آنکھوں پر پٹی باندھ، چکی کے نیچے لیٹ گئی۔ چڑا بازار سے نون لے کر آیا تو دیکھا گھر کے کواڑ بند ہیں اس نے پکارا

''چڑیا چڑیا پٹ کھول دے''

چڑیا نے لیٹے لیٹے جواب دیا، میری تو آنکھیں دکھ رہی ہیں۔ چڑے کو غصہ آیا اور اس نے کواڑوں میں ایک لات ماری جس سے دروازہ کواڑوں سمیت ٹوٹ کر گر پڑا۔ چڑا اندر گھسا تو کہا، کھچڑی کہاں رکھی ہے۔ چڑیا نے کہا چھینکے پر دیکھو، وہیں رکھی ہوگی۔ مجھ سے آنکھوں کے سبب اٹھا نہیں جاتا۔ چڑے نے جو پتیلی چھینکے پر سے اتاری تو سارا گندا پانی اس کے منہ پر اور داڑھی پر گر پڑا اور وہ جوٹھے برتنوں کے پانی میں تر بتر ہوگیا۔ چڑے کو بہت غصہ آیا کیونکہ شریر عورتوں کی ایسی باتوں پر مردوں کو غصہ آیا ہی کرتا ہے۔ چڑے نے کہا کھچڑی کیا ہوئی؟ چڑیا بولی مجھے کیا خبر؟ تو نے کھائی ہوگی۔ چڑے نے کہا واہ واہ، میں کہاں سے کھاتا۔ میں تو بازار گیا ہوا تھا تو نے کھائی ہوگی تو گھر میں تھی۔ اس بات پر دونوں میں لڑائی ہونے لگی۔ چڑا کہتا۔ کھچڑی تو نے کھائی۔ چڑیا کہتی تھی میں نے نہیں۔ تو نے کھائی۔

آخر یہ بات ٹھہری کہ کنویں کے اوپر کچے سوت کا جھولا ڈالیں اور دونوں جھولیں جو سچا ہوگا وہ تو جھول کر اتر آئے گا اور جو جھوٹا ہوگا وہ کنویں میں گر پڑے گا۔ کیونکہ اللہ میاں سچوں کو ہر بلا سے بچا لیتے ہیں اور جھوٹوں کو ڈبو دیتے ہیں۔

چڑیا اس بات پر راضی ہوگئی اور کچے سوت کا جھولا کنویں پر ڈالا پہلے چڑا جھولنے بیٹھا اور جھول کر اتر آیا۔ جھوٹا نہ ٹوٹا۔ مگر چڑیا جوں ہی جھولنے بیٹھی اس کے جھوٹے کے گناہ کے بوجھ سے جھولا ٹوٹ گیا اور چریا کنویں میں گر پڑی۔

جب چڑیا کنویں میں گری تو چڑے کو بڑا غم ہوا اور وہ اپنی چڑیا کے واسطے رونے لگا۔ اتنے میں خالہ بلی کی برات آگئی۔ خالہ بلی نے چڑے کو روتا دیکھ کر پوچھا میاں چڑے کیوں روتے ہو اس نے کہا خالہ میری چڑیا کنویں میں گر پڑی ہے۔ خالہ بلی نے کہا میں اس کو

نکال دوں تو کیا دو گے چڑے نے کہا کہ آدھی تمہاری اور آدھی میری خالہ بلی راضی ہو گئیں اور چڑیا کو کنویں میں اتر کر نکال لائیں اور کہا آدھی چڑیا مجھے دے دے۔ چڑیا بولی ابھی میں گیلی ہوں۔ جب سوکھ جاؤں تب آدھا آدھا بانٹ لینا۔ اس پر خالہ بلی ذرا ٹھہر گئیں جب چڑیا سوکھی تو پھر سے اڑ گئی اور خالہ بلی دیکھتی رہ گئیں۔

***

چوہیا نے ہاتھی سے پاؤں دبوائے

ایک تھی چڑیا اور ایک تھی چوہیا، دونوں نے کیا آپس میں بہناپا۔ چڑیا بولی چلو بہن آج ذرا جنگل کی سیر کر آئیں۔ چوہیا نے کہا اچھا بہن چلو، چوہیا زمین پر چلی اور چڑیا ہوا میں اڑنے لگی۔ راستہ میں ملا ایک ہاتھی۔ چوہیا اس کے پیر تلے دب گئی تو بچاری چڑیا اپنی بہن کے لیے رونے لگی۔ لیکن جب ہاتھی نے پاؤں اٹھایا تو سخت جان چوہیا اچھل کر بھاگی اور چڑیا کو روتے دیکھا تو کہا بہن تو کیوں روتی ہے۔

چڑیا نے کہا تیرے دبنے اور مرنے کے غم میں۔

چوہیا بولی۔ مریں میرے دشمن۔ میں نے تو ہاتھی سے ذرا پاؤں دبوائے تھے۔

آگے آیا دریا، چڑیا تو اڑ کر پار ہو گئی اور چوہیا غوطے کھانے لگی اور بہت مشکل سے پار ہوئی۔ چڑیا کنارے پر بیٹھی چوہیا کے لیے رو رہی تھی۔ چوہیا آئی تو بولی روتی کیوں ہے۔ میں تو ذرا نہانے کو ٹھہر گئی تھی۔ پھر آیا کانٹوں کا جنگل، چڑیا تو اڑ کر نکل گئی۔ مگر چوہیا کانٹوں سے لہولہان ہو گئی۔ چڑیا پھر رونے لگی تو چوہیا نے کہا رو مت۔ میں نے تو ذرا ناک کان چھدوانے ہیں۔ چڑیا نے کہا اری تو بڑی باتونی ہے۔ دکھ سہتی ہے اور بے حیائی سے اس کی تعریف کرتی ہے۔

چوہیا نے کہا۔ دیوانی دکھ میں یوں ہی صبر آیا کرتا ہے۔

***

حقا تو مولی تو

بچاری فاختہ جہاں دیکھو دیوار پر حقا تو حقا تو کہا کرتی ہے اصل میں یہ اللہ میاں سے فریاد کرتی ہے۔ کیونکہ کوے نے اس پر بڑا ظلم کیا ہے۔

سنا نہیں لوگ کہا کرتے ہیں محنت کریں بی فاختہ کوا میوہ کھائے۔

اس کی کہانی اس طرح ہے کہ ایک دفعہ کوے اور فاختہ نے مل کر باغ لگایا تھا اور دونوں محنت اور نفع میں ساجھی تھے۔

پہلے دن جب باغ میں پودے لگانے کا وقت آیا تو فاختہ کوے کے پاس گئی اور اس سے کہا چل کوے چل کر باغ میں درختوں کے پودے لگائیں۔ کوے نے جواب دیا۔

تو چل چل میں آتا ہوں

ٹھنڈی ٹھنڈی چھائیاں بیٹھتا ہوں

چلم تمباکو کو پیتا ہوں

پئیاں پئیاں آتا ہوں

فاختہ نے کوے کی بہت راہ دیکھی۔ جب وہ نہ آیا تو اس نے خود اکیلے ہی محنت کر کے پودے لگا دیئے۔ اس کے بعد باغ میں پانی دینے کا وقت آیا تو فاختہ کوے کے پاس پھر گئی کہ چلو چل کر پانی دے آئیں۔ کوے نے پھر وہی جواب دیا کہ:

تو چل چل میں آتا ہوں

ٹھنڈی ٹھنڈی چھائیاں بیٹھتا ہوں

چلم تمباکو کو پیتا ہوں

پئیاں پئیاں آتا ہوں

فاختہ نے پھر بہت راہ دیکھی مگر کوا نہ آیا تو بچاری نے خود ہی پانی بھی دے لیا۔ اس کے بعد باغ کی رکھوالی کا وقت آیا تب بھی کوے نے یہی جواب دیا۔ جب میوہ پک گیا تو فاختہ پھر گئی کہ چلو چل کر میوہ توڑ لائیں۔ کوے نے پھر وہی جواب دیا۔ فاختہ نے توڑنے کی محنت اٹھائی اور میوہ باغ میں ایک جگہ جمع کر دیا۔ دوسرے دن کوے کے پاس گئی کہ چلو چل کر میوہ لائیں تو کیا دیکھتی ہے کہ کوا گھر سے غائب ہے۔ وہ فوراً باغ میں گئی تو دیکھا سارا میوہ کوئی لے گیا۔ یعنی کوا اس کے آنے سے پہلے آیا اور سب میوہ اٹھا کر کسی اور گھر میں لے گیا۔ فاختہ بے چاری بہت روئی پیٹی۔ مگر کیا کر سکتی تھی۔ خدا کے سوا کوے سے بدلہ کون لے سکتا تھا۔ اس واسطے وہ اس دن سے جب بولتی ہے یہی بولتی ہے، حقا تو، حقا تو، اس کا مطلب یہ ہے کہ الٰہی تو حق ہے میرا حق کوے سے دلوا۔

***

میں کیا تجھ سے روٹھی تھی

ایک تھی چوہیا اور ایک تھا چوہا، دونوں کی ہوئی شادی چوہیا سسرال میں آئی تو اس نے ساس کو سلام نہ کیا بڑھیا ساس نے اپنے بیٹے چوہے سے کہا کہ اس موئی کو خوب مار یہ بڑی بدتمیز ہے، اپنے بڑوں کو سلام ہی نہیں کرتی۔ چوہے نے اپنی اماں کا کہنا مانا اور لے کر جوتی خوب ہی بیوی کو مارا۔ چوہیا پٹ کٹ کر کونے میں منہ ڈھک کر بیٹھ گئی اور چوہا بازار چلا گیا۔

تھوڑی دیر میں چوہا آٹا گھی کھانڈ لے کر آیا اور چوہیا سے کہا لوبی روٹ پکا لو۔ نیاز کا ملیدہ بنے گا۔ چوہیا نے جواب دیا۔

ماری کوٹی کونے لاگی میں کیوں پکاؤں

چوہے نے خود ہی روٹ پکا لیے۔ جب روٹ پک گئے تو چوہیا سے کہا اور ملیدہ تو کوٹ لو۔ چوہیا نے جواب دیا۔

ماری کوٹی کونے لاگی میں کیوں کوٹوں

بچارے چوہے نے ملیدہ بھی آپ ہی کوٹ لیا اور جب گھی کھانڈ ملا کر ملیدہ تیار ہوا اور نیاز دے دی تو چوہے نے کہا آؤ چوہیا ملیدہ کھاؤ تو چوہیا جھٹ پھدک کر دستر خوان پر آ گئی اور کہا۔

داری سیاں ہیری سیاں میں کیا تجھ سے روٹھی تھی

یہ کہہ کر ملیدہ خوب کھایا اور پھر ساس کو بھی روزانہ سویرے اٹھ کر سلام کرنے لگی۔

***

خالہ خمیرو

ایک شخص پردیس گیا ہوا تھا اس کی بیوی گھر میں اکیلی رہتی تھی اور اکیلے پن سے اس کا جی بہت گھبراتا تھا۔ ایک دن اس کے جی میں آیا کہ کوئی بات ایسی کرنی چاہیۓ جس سے دل بہلے گھر میں خدا کا دیا سب کچھ موجود تھا۔ ان بیوی کا میاں کھاتا پیتا آدمی تھا، جب وہ پردیس گیا تھا تو کھانے کی ہر چیز گھر میں بھر گیا تھا۔ بیوی نے کیا کیا کہ میدہ گوندھ کر اس کا ایک پتلا بنایا اور اس پتلے کو کپڑے پہنائے اور پھر کوٹھری کے اندر لے جا کر ایک چوکی پر یہ پتلا رکھ دیا۔

روز سویرے اٹھ کر یہ بیوی اس پتلے کے پاس جاتیں اور کہتیں، خالہ خمیرو سلام اور پھر خود ہی خالہ خمیرو کی طرف سے جواب دیتیں، بیٹی جیتی رہو۔ بوڑھ ساگن عمر کا بچہ ہو دودھوں نہاؤ پوتوں پھلو۔

دعا سلام ہو چکتا تو یہ پوچھتیں خالہ خمیرو آج کیا پکائیں۔ خالہ خمیرو جواب دیتیں بیٹی آلو تل لو، چنے کی دال کا بھرتا بنا لو۔ شلجم رکھے ہیں۔ ان کی بھجیا مزے کی بنتی ہے۔ ہرا دھنیا رکھا ہے اس کی چٹنی پیس لو۔ غرض روز صبح شام یہ بیوی خالہ خمیرو سے پوچھ پوچھ کر سب کام کرتیں اور اس طرح ان کا جی اکیلے میں لگا رہتا تھا۔

رات کو سونے کا وقت ہوتا تو خالہ خمیرو سے کہتیں خالہ نیند آرہی ہے۔ خالہ کہتیں بیٹی ابھی تو اول شام ہے۔ چراغ کے آگے کچھ سینا پرونا لے کر بیٹھ جاؤ بے وقت سونا اچھا نہیں۔ جس وقت ہمیشہ سویا کرتی ہو اسی وقت سونا۔

اس طرح کرتے کرتے مدت گزر گئی۔ یہاں تک کہ ان بیوی کے میاں بھی آ گئے۔ میاں نے گھر میں قدم رکھا تو یہ سیدھی دوڑی ہوئی خالہ خمیرو کے پاس گئیں اور ان سے کہا۔ خالہ میاں آ گئے۔ خالہ نے کہا تیل ماش لے جاؤ۔ میاں اس سے اپنا منہ دیکھیں۔ پھر یہ تیل ماش حلال خوری کو دے دینا۔ ان بیوی نے یہی کیا۔ اس کے بعد پھر دوڑی ہوئی گئیں اور کہا خالہ کیا پکاؤں خالہ بولیں سویاں پکا لو۔ انڈے رکھے ہیں وہ تل لو۔ پراٹھے بھی پکانا۔ بازار سے ربڑی منگا لو۔ گرم پانی سے میاں کا منہ ہاتھ دھلاؤ۔ اجلا دسترخوان بچھاؤ اور سامنے بیٹھ کر پنکھا جھلتی جاؤ۔ جب کھانا کھا چکیں تو کھلی سے ہاتھ دھلاؤ اور جلدی سے پان بنا کر دو کہ اچھی اور تابعدار بیویاں ایسا ہی کرتی ہیں۔

ان بیوی نے ایسا ہی کیا۔ مگر ذرا سا کام بھولتیں تو پھر دوڑ کر خالہ خمیرو سے پوچھنے جاتیں۔ میاں کو شک ہوا کہ کوٹھری میں ضرور کوئی آدمی ہے۔ یہ بیوی گھڑی گھڑی کوٹھری میں جا کر اسی سے کھسر پھسر باتیں کرتی ہے۔ مگر میاں نے اپنے شبہ کو بیوی پر ظاہر نہ کیا۔ اس تاک میں رہے کہ رات ہو جائے تو چپکے سے جا کر دیکھوں۔

جب رات ہو گئی اور بیوی سو گئیں تو میاں تلوار لے کر کوٹھری میں گئے۔ شمع ہاتھ میں تھی۔ وہاں انھوں نے خالہ خمیرو کو آدمیوں کی طرح پہنے اوڑھے کھڑا دیکھا۔ جلدی اور رات کی گھبراہٹ میں میاں نے جانا کہ یہ کوئی سچ مچ کا آدمی ہے اور ایک دفعہ چیخ کر کہا تو کون مردوا ہے۔ میرے گھر میں کیوں آیا؟ خالہ خمیرو نے کچھ جواب نہ دیا۔ اس پر میاں اور بھی بگڑے اور انھوں نے تلوار میان سے کھینچ کر کہا، بول نہیں تو ہاتھ مارتا ہوں۔ بھٹے کی طرح سر اڑا دوں گا۔ خالہ خمیرو

نے اس کا بھی کچھ جواب نہ دیا تو میاں نے تلوار کا ایک ایسا ہاتھ مارا کہ خالہ خمیرو دو ٹکڑے ہو کر گر پڑیں۔ میاں کے چیخنے سے بیوی کی آنکھ بھی کھل گئی اور وہ دوڑی ہوئی کوٹھری میں گئیں اور ہائے میری خالہ خمیرو ہائے میری خالہ خمیرو کہہ کر رونا شروع کیا۔ میاں نے گھبرا کر شمع سے دیکھا تو میدے کا پتلا تھا۔ اس پر بے اختیار ہنسنے لگے اور بیوی سے عذر کیا کہ مجھے خبر نہ تھی کہ تمہاری خالہ آٹے کی ہیں۔

بیوی نے کہا تم نے ان بے چاری کو کیوں مار ڈالا۔ اب میں اپنے دکھ سکھ کی ساجھی اور اکیلے دوکیلے کی ہمسائی کو کہاں سے پیدا کروں؟ میاں نے کہا اور بنا لینا۔ بیوی نے کہا کہیں خالہ خمیرو بھی بنا کرتی ہیں۔ پھر وہ بیوی سدا سدا کو روتی رہیں اور خالہ خمیرو کا غم ان کے دل سے نہ گیا۔

***